Vente
du
Jeudi 29 Mars
1900

PHOTOTYPIE BERTHAUD FRÈRES
31, Rue de Bellefond, 31
Paris

CATALOGUE

DE

DESSINS & AQUARELLES

ANCIENS ET MODERNES

DES ÉCOLES

ANGLAISE, FRANÇAISE, FLAMANDE, HOLLANDAISE

ET ITALIENNE

parmi lesquels on remarque des œuvres de

EARLOM, ROWLANDSON

BAUDOUIN, BOILLY, BOUCHER, EISEN, FRAGONARD, GREUZE
HUET, LAGNEAU, LAVREINCE, LE PRINCE
L. MOREAU, NILSON, OUDRY, PRUD'HON, H. ROBERT
SAINT-AUBIN, TRINQUESSE, WATTEAU
LINGELBACH, VAN GOYEN, VAN OSTADE, VAN DE VELDE
GUARDI, TIEPOLO

H. BELLANGÉ, ROSA BONHEUR, BONVIN
BOUDIN, CHARLET, H. DAUMIER, GAVARNI, GRANDVILLE
HARPIGNIES, CH. JACQUE, H. MONNIER, RAFFET, ETC., ETC.

Et dont la vente aura lieu

HOTEL DROUOT, SALLE N° I

Le Jeudi 29 Mars 1900

A DEUX HEURES PRÉCISES

COMMISSAIRE-PRISEUR	EXPERTS
Me Paul CHEVALLIER	**MM. FÉRAL Père et Fils**
10, rue Grange-Batelière	54, faubourg Montmartre

EXPOSITION PUBLIQUE

Le Mercredi 28 Mars 1900, de 1 h. 1/2 à 5 h. 1/2

CONDITIONS DE LA VENTE

La vente sera faite au comptant.

Les adjudicataires paieront *cinq pour cent* en sus des enchères.

L'Exposition mettant le public à même de se rendre compte de l'état et de la nature des objets, il ne sera admis aucune réclamation une fois l'adjudication prononcée.

Paris. — Imp. de l'Art, E. Moreau et Cie, 41, rue de la Victoire.

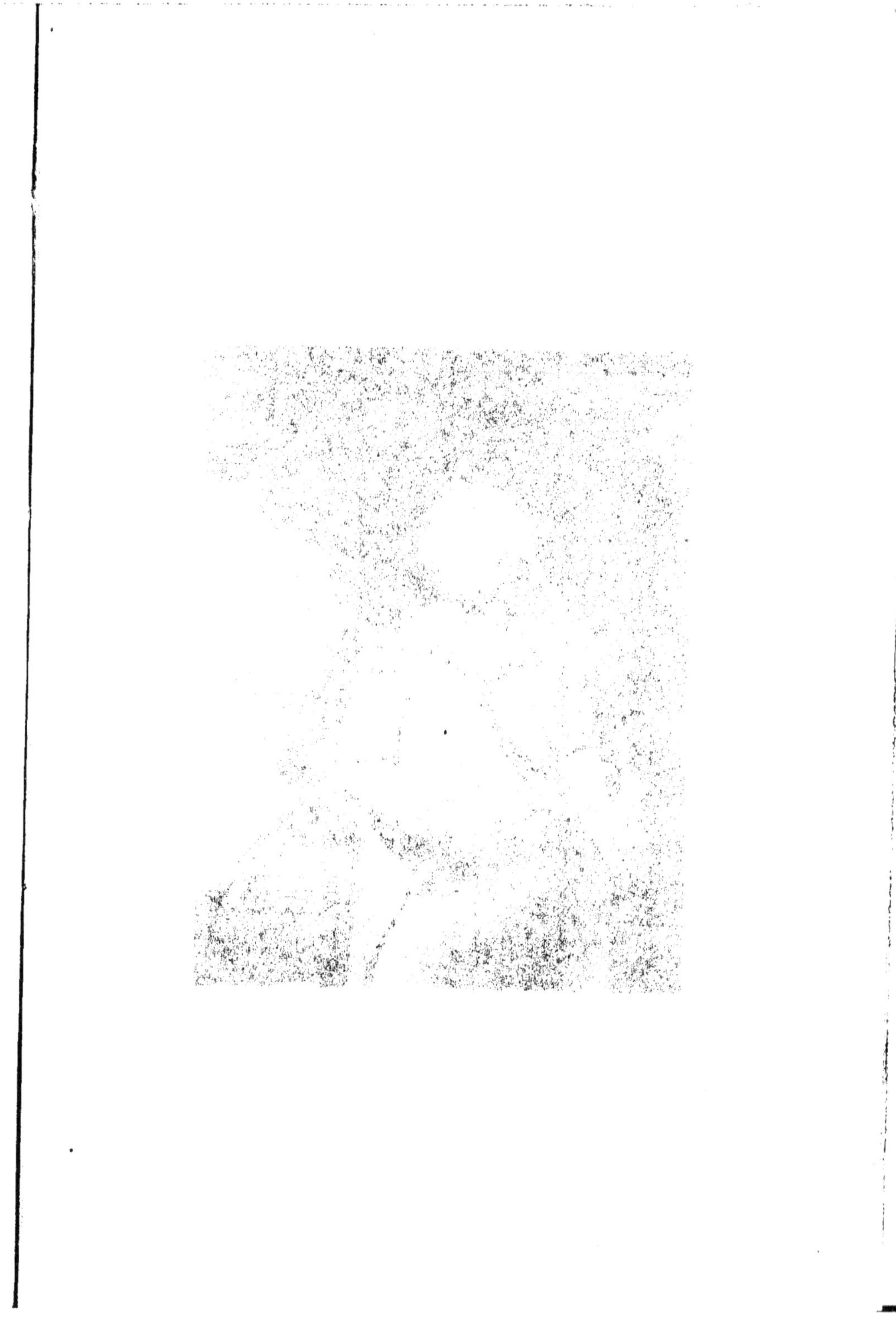

DÉSIGNATION

ÉCOLE ANGLAISE

EARLOM

200 1 — *Portrait de Lord Eliott, défenseur de Gibraltar, en 1782.*

Intéressant dessin d'après REYNOLDS, au lavis d'encre de Chine.

ROWLANDSON (TH.)

1,850 2 — *La Place Victoire, à Paris.*

Dessin au lavis d'encre de Chine et d'aquarelle. Gravé.

(*Vente Mühlbacher.*) 1899 1,450

ÉCOLE FRANÇAISE

AUBRY

3 — *Femme.*

Vue à mi-corps entre les rideaux d'un lit.

Dessin au crayon noir, rehaussé de blanc sur papier bleu.

AVED (J.)

4 — *Portrait d'un Artiste.*

Debout, une palette à la main.

Dessin au crayon noir.

BAUDOUIN (P.-A.)

5 — *Une Séance de Portrait.*

Dessin au lavis d'encre de Chine.

(*Vente Mühlbacher.*)

BERTHELEMY (J.-S.)

6 — *Erigone jouant des cymbales.*

Peinture à l'huile.
Esquisse.
Cadre en bois sculpté.

BOILLY (Louis)

7 — *Buste de Femme, la tête de profil.*

Dessin à l'estompe, rehaussé de blanc.

BOILLY (Louis)

8 — *Étude de Mains et d'un buste.*

Dessin à l'estompe et au crayon noir.

BOISSIEU (J.-J. de)

9 — *Mère allaitant son enfant.*

Dessin au crayon noir, lavé d'encre de Chine.

BOISSIEU (J.-J. de)

10 — *Maisons rustiques au bord d'un cours d'eau.*

Dessin au lavis d'encre de Chine.

BOODER

11 — *Bottes de foin, tonneau, tronc d'arbre et objets divers.*

Signé à droite et daté 1772.
Dessin à la sanguine.

BOUCHER (F.)

12 — *Rodogune.*

Scène à six personnages de la tragédie de Corneille.

Illustration unique d'une édition publiée par Mme de Pompadour, en 1760.
Dessin à la plume et à l'encre de Chine.

(*Vente Mühlbacher.*)

BOUCHER (F.)

13 — *Jeune Mère portant un enfant dans son manteau et accompagnée de plusieurs personnages.*

Dessin au crayon noir, rehaussé de blanc.

BOUCHER (F.)

14 — *Villageois embrassant un enfant monté sur un baquet.*

Dessin au crayon noir, rehaussé de blanc sur papier gris.

BOUCHER (F.)

15 — *Triton soufflant dans une conque.*

Dessin au crayon noir, rehaussé de blanc.
Cadre en bois sculpté.

BOUCHER (F.)

16 — *Trois têtes d'enfants.*

Dessin au crayon noir, rehaussé de blanc sur papier bleu.

BOUCHER (F)

17 — *Le Christ dans le Jardin des Oliviers.*

Dessin au crayon noir, rehaussé de blanc.

BOUCHER (F.)

18 — *Étude de main tenant une draperie.*

Dessin au crayon noir, rehaussé de blanc.

BOUCHER (Attribué a)

19 — *Enfant nu.*

Debout, tourné vers la droite.

Dessin à la sanguine.

BOUCHER (Attribué a)

20 — *Jeune femme assise dans un parc et entourée d'enfants.*

Dessin à la plume.

BOUCHER (Attribué a)

21 — *Entrée de ferme.*

Dessin à la sanguine.

BOUCHER (Attribué a)

21 bis — *Nymphe assise, vue de dos, et Amour.*

Dessin au crayon noir, rehaussé de blanc.

BOUCHER (École de)

22 — *Bergère assise au pied d'un arbre et gardant des moutons.*

Dessin à la sanguine.

BOUCHER (École de)

23 — *Les Galants Vendangeurs.*

Dessin à la sanguine.

BORNET

24 — *Personnages réunis dans une chapelle.*

Petit dessin à la sanguine.

CHARDIN (Attribué a J.-B.)

25 — *Le Dessinateur.*

Dessin au crayon noir, rehaussé de blanc.

CHARTON

26 — *Portrait de La Bretesche, directeur de l'Ecole des Enfants de Mars.*

Dessin à la pierre d'Italie.

COCHIN

(deux pendants)

27 — *Compositions allégoriques.*

Contre-épreuve de dessins à la sanguine.

DEMARTEAU

28 — *Tête de jeune fille, tournée vers la droite.*

Dessin à la sanguine.

DESFRICHES

29 — *Paysage avec cours d'eau et maison rustique.*

Dessin à l'encre de Chine.
Signé et daté 1777.

DE TROY (J.-F.)

30 — *Magistrat, la main tendue vers la droite.*

Étude mise au carreau.
Dessin au crayon noir, rehaussé de blanc.

DROUAIS (Attribué a)

31 — *Un Jeune Homme assis, vu de face et à mi-corps.*

Dessin de forme ovale à l'estompe, rehaussé de blanc.

DUPLESSIS-BERTAUX (J.)

32 — *Le Charlatan allemand.*

Scène de la vie parisienne, à nombreux personnages.

Dessin à la plume et à l'encre de Chine.
Gravé.

(*Vente Mühlbacher.*)

EISEN

33 — *Un Couple assis sur un tertre et couronné par l'Amour.*

Dessin à la mine de plomb.

EISEN (A.)

34 — *Deux culs-de-lampe.*

Dessins à la mine de plomb.

FRAGONARD (Honoré)

35 — *Femme accrochant un cadre.*

Très joli dessin à la sanguine, gravé par Jules de Goncourt, en frontispice de l'Art au xviiie siècle.

Cadre en bois sculpté.

(*Collection Sensier.*)

FRAGONARD (Honoré)

36 — *La Rentrée à l'étable.*

Dessin à la sépia largement exécuté.

FRAGONARD (H.)

37 — *La Fille insoumise.*

Dessin à la sépia.

Cadre en bois sculpté.

FRAGONARD (H.)

38 — *Buste de vieillard et tête de jeune fille.*

Pastel de forme ovale.

(*Vente Goncourt.*)

GANDAT

39 — *Vue du tombeau de J.-J. Rousseau dans l'île des peüpliers, à Ermenonville.*

Composition gravée par GODEFROY.
Aquarelle.

GILLOT (ATTRIBUÉ A C.)

40 — *Trois Singes.*

Aquarelle.

GREUZE (J.-B.)

41 — *Buste de jeune fille.*

Vu de trois quarts et tourné vers la droite.

Dessin à la sanguine.
Cadre en bois sculpté.

GREUZE (J.-B.)

42 — *Allégorie de la Justice.*

Dessin au bistre.

GREUZE (J.-B.)

43 — *Étude de Femme nue et couchée.*

Contre-épreuve d'un dessin à la sanguine.

HOCH (J.-J.)

44 — *Scène orientale.*

Dessin à la mine de plomb.
Signé et daté 1775.

HOEL

45 — *Galant et Courtisanes.*

Dessin à la mine de plomb.

HOIN (Cl.)

46 et 47 — *Portraits de J.-J.-L. Hoin et de sa femme.*

Pastels.
Signés et datés.

HUET (J.-B.)

48 — *La Visite à la ferme.*

Jolie aquarelle.
Signée et datée 1781.
Gravée en couleurs, par Bonnet.
(*Vente Mühlbacher.*)

HUET (J.-B.)

49 — *La Visite à la ferme.*

Première idée de la composition, gravée par Bonnet.
Signée à gauche en toutes lettres.
Aquarelle.

49

HUET (J.-B.)

50 — *La Dernière hésitation.*

Gracieuse aquarelle de forme ovale.
Signée à droite.

HUET (J.-B.)

51 — *Coq, pigeon et lapin pendus contre un mur.*

Dessin à la sanguine.

HUET (J.-B.)

52 — *Têtes de moutons.*

Dessin au crayon noir.
Signé à droite.

JEAURAT

53 — *Femme étendue sur un lit de repos, les jupes drapées autour de la taille.*

Dessin à la pierre d'Italie, rehaussé de blanc.
Cadre en bois sculpté.

LAGNEAU

54 — *Buste d'homme, la tête de profil.*

Dessin au crayon noir, coloré à la sanguine.

LAGRENÉE

55 — *Jeune Femme assise.*

La poitrine à demi-découverte et écrivant sur une table.

Dessin à la sanguine.

LANCRET (N.)

56 — *Femme assise, filant une quenouille.*

Dessin au crayon noir, rehaussé de blanc sur papier gris.

LANCRET (ATTRIBUÉ A)

57 — *Double étude de femme remettant sa jarretière.*

Dessin au crayon noir.

LARGILLIÈRE (N. DE)

58 — *Portrait d'Homme drapé dans un manteau.*

Dessin au crayon noir, rehaussé de blanc.

LARGILLIÈRE (N. DE)

59 — *Portrait de Femme.*

Vue de face, drapée dans un large manteau.

Dessin de forme ovale, au crayon noir sur papier bleu.

LATOUR (Attribué a M. Q. de)

60 — *Étude d'un masque d'homme, d'après un maître ancien.*

Dessin au crayon noir, coloré au pastel.

LAVREINCE (N.)

61 — *Jeune Femme à la promenade.*

Dessin à l'encre de Chine, rehaussé d'aquarelle.
(*Vente Mühlbacher.*)

LAVREINCE (N.)

62 — *Le Remède.*

Dessin à l'encre de Chine, rehaussé d'aquarelle.
(*Vente Mühlbacher.*)

LE BAS (Ph.)

63 — *Groupe de trois personnages au repos.*

Dessin à la plume et au lavis d'encre de Chine.

LE BARBIER

(deux pendants)

64 — *Femme sortant du bain.*

65 — *Femme portant des fleurs.*

Gouache de forme ovale.
Cadre en bois sculpté.

LEMOINE (F.)

66 — *Mars et Vénus.*

Dessin à la sépia.

LEMOINE (Attribué a F.)

67 — *Femme étendue, accoudée sur le bras droit.*

Dessin au crayon noir et lavis d'aquarelle.

LÉPICIÉ (N.-B.)

68 — *Figure d'Homme.*

Vêtu d'une redingote et coiffé d'un tricorne, assis et accoudé près d'une table.

Dessin au crayon noir, rehaussé de blanc sur papier bleu.

LE PRINCE (J.-B.)

69 — *Bergers assis près de leur troupeau.*

Dessin à la sépia.

LE PRINCE (J.-B.)

70 — *Paysan russe soufflant dans une paille.*

Dessin à la sanguine.

LE PRINCE (J.-B.)

71 — *Cour de ferme.*

Dessin au crayon noir.

LE PRINCE (J.-B.)

72 — *Villageois jouant aux boules dans une cour de ferme.*

LE PRINCE (J.-B.)

73 — *Étude de têtes.*

Dessin à la sanguine.

MEYNIER

74 — *Vue d'un Parc.*

Orné de monuments à colonnes, escalier de pierre, statue, figures.

Dessin à la sépia.
Signé à gauche.

MIGNARD (École de)

75 — *Dame en toilette d'apparat, assise et se disposant à écrire.*

Dessin au crayon noir.

MONGIN

76 — *Un Parc à la française.*

Orné de statues et animé de figures.

Aquarelle.

MOREAU (Louis)

77 — *Paysage avec chaumières.*

Signé à gauche des initiales.
Aquarelle gouachée.

MOREAU (Louis)

78 — *Parc avec rochers, cours d'eau, pont de bois.*

Aquarelle.

MOREAU (Louis)

79 — *Bords de rivière.*

Aquarelle gouachée.

MUGLEURE (Signé F.-L.)

80 — *Un Sacrifice.*

Dessin à la plume lavé de sépia.

NATOIRE (Charles)

81 — *Étude de Femme.*

Vue de trois quarts, tournée vers la droite.

Dessin à la sanguine, rehaussé de blanc.

NATOIRE (Charles)

82 — *Une Naïade, en buste.*

Dessin à la sanguine.
Cadre en bois sculpté.

NATOIRE (Charles)

83 — *Étude de Baigneuse.*

Dessin au crayon noir, rehaussé de blanc sur papier teinté.

NILSON (J.)

84 — Quatre encadrements pour les Portraits de :

Marie-Thérèse, Impératrice d'Autriche.
François Ier, Empereur d'Allemagne.

Signé et daté 1759.

Charles III, roi d'Espagne.
Frédéric V, roi de Danemark et de Norvège.

Signé et daté 1759.
Plume et encre de Chine.

(*Vente Mühlbacher.*)

NILSON (J.)

85 — Quatre encadrements pour les Portraits de :

Charles-Frédéric.

Jean Alaysius Ier, prince de Ottingen.

Stanislas II, roi de Pologne.

Frédéric V, roi de Danemark et de Norvège.

Plume et encre de Chine.
(*Vente Mühlbacher.*)

NILSON (J.)

86 — Quatre encadrements pour les Portraits de :

Frédéric-Guillaume II, roi de Prusse.

Frédéric-Auguste Ier, roi de Saxe.

Frédéric-Henri-Louis, prince de Brandebourg.

Auguste-Ferdinand, prince de Brandebourg.

Plume et encre de Chine.
(*Vente Mühlbacher.*)

NILSON (J.)

87 — Deux encadrements pour les Portraits de :

Marie-Henriette, princesse de Tour et de Taxis.

Jean-Frédéric-Charles, Archevêque de Mayence.

Dessins à la plume et au lavis d'encre de Chine.
(*Vente Mühlbacher.*)

NILSON (J.)

88 — Trois encadrements pour les Portraits de :
Stanislas-Auguste, roi de Pologne.
Charles-Théodore, duc de Bavière.
Louis-Auguste, dauphin de France.

Signé des initiales et daté 1770.
Dessins à la plume et à l'encre de Chine.
(*Vente Mühlbacher.*)

NILSON (J.)

89 — Deux encadrements pour les Portraits de deux Maréchaux.

Dessins à la plume et à l'encre de Chine.
(*Vente Mühlbacher.*)

OUDRY (J.)

90 — *Cygnes attaqués par un aigle.*

Projet pour un trumeau.
Signé et daté 1753.
Dessin à la plume, lavis d'encre de Chine.

OUDRY (J.-B.)

91 — *Une Poule.*

Dessin au crayon noir, rehaussé de blanc sur papier bleu.

OZANNE

92 — *Paysage agreste traversé par une rivière.*

Dessin à la sanguine.

OZANNE

93 — *Rochers et cours d'eau aux rives boisées.*

Dessin à la sanguine.

PATER (J.-B.)

94 — *Trois personnages debout, l'un portan une poutre.*

Dessin à la sanguine.

(*Collection de feu Miss James.*)

PATER (J.-B.)

95 — *Femme assise, vue de dos.*

Étude à la sanguine.

(*Vente Mühlbacher.*)

PILLEMENT

96 — *Berger chassant devant lui une mule et des moutons.*

Signé des initiales et daté l'an 1802.
Dessin au crayon noir.

PILLEMENT

(PENDANT DU PRÉCÉDENT)

97 — *Paysan conduisant des mules.*

Signé des initiales et daté 1803.

Dessin au crayon noir.

PRUD'HON (P.-P.)

98 — *Figure d'homme assis, faisant un geste vers la droite.*

Étude académique.
Beau dessin à l'estompe, rehaussé de blanc.

ROBERT (HUBERT)

99 — *Villageois, charrette, animaux et objets divers sous une grotte en partie effondrée.*

Dessin à la sépia, rehaussé d'aquarelle.

ROBERT (HUBERT)

100 — *Chaumière, ruines et figures.*

Joli dessin à la sanguine.
Cadre en bois sculpté.

ROBERT (HUBERT)

101 — *Arc de triomphe, et perspective d'un grand degré animée de figures.*

Dessin à la sanguine.

ROBERT (HUBERT)

102 — *Villa italienne avec terrasse bordée de grands arbres et animée de figures.*

Dessin à la sanguine.

ROBERT (HUBERT)

103 — *Paysage avec rochers et figures.*

Dessin à la sanguine.

ROBERT (HUBERT)

104 — *Vue d'un escalier, montant sous la voûte d'une construction romaine.*

Dessin à la sanguine.

SAINT-AUBIN (G. DE)

105 — *Hommage à Marie-Antoinette.*

Dessin à la mine de plomb et à l'encre de Chine.
Signé à gauche du monogramme.
(*Vente Mühlbacher.*)

SAINT-AUBIN (AUG. DE)

106 — *L'Artiste dessinant.*

Première pensée du Portrait de la Collection de GONCOURT.

Dessin à la mine de plomb.
(*Vente Mühlbacher.*)

107

VAN LOO (J.-B.)

112 — *Étude de draperie et de jambes.*

Dessin à la sanguine, rehaussé de blanc.

VERNET (Carle)

113 — *Étude de Promeneurs.*

Deux dessins à la plume.
Au verso de l'un, une figure en costume villageois.

VERNET (Horace)

113bis— *Un Mamelouk.*

Dessin au crayon noir, rehaussé de blanc.
Signé et daté 1818.

WATTEAU (A.)

114 — *Un Turc.*

Superbe dessin à la sanguine, portant le bel accent du maître.

(Vente Mühlbacher.)

WATTEAU (A.)

115 — *Mezzetin vu de dos, et étude de mains.*

Dessin à la sanguine.

ÉCOLE FRANÇAISE

116 — *Le Café Florian.*

Belle et intéressante gouache. Cataloguée sous le N° 887 dans l'œuvre de Boilly, par H. Harrisse.

(Vente Mühlbacher.)

ÉCOLE FRANÇAISE

117 — *Portrait de Jeune fille.*

Vue à mi-corps, et coiffée d'un bonnet à ruban vert.

Aquarelle.
Cadre en bois sculpté.

ÉCOLE FRANÇAISE

118 — *Portrait de Mlle Bocour en travesti.*

Aquarelle gouachée.

ÉCOLE FRANÇAISE

119 — *Un danseur du temps du Directoire.*

Aquarelle.

ÉCOLE FRANÇAISE

120 — *Femme assise.*

Portant un fichu noué sous le menton, et écrivant sur ses genoux.

Dessin à la sanguine, rehaussé de blanc.

ECOLE FRANÇAISE

121 — *Femme assise sur un rocher, jouant d'un luth.*

Dessin à la sépia.

ÉCOLE FRANÇAISE

122 — *Portrait de Femme assise, dévidant une bobine.*

Dessin aux trois crayons.

ÉCOLE FRANÇAISE

123 — *Dame à sa toilette.*

Près d'elle une soubrette et un gentilhomme.

Dessin au crayon noir, rehaussé de blanc sur papier bleu.

ÉCOLE FRANÇAISE

124 — *Dames et Gentilshommes réunis dans un salon, et soupant par petites tables.*

Dessin à la plume et à l'encre de Chine.

ÉCOLE FRANÇAISE

125 — *Enfant nu et couché sur le dos.*

Dessin au crayon noir, rehaussé de blanc sur papier bleu.

ÉCOLE FRANÇAISE

126 — *Femme âgée assise, et les mains jointes*

Dessin à la mine de plomb.

ÉCOLE FRANÇAISE

127 — *Jardinier appuyé sur le manche d'un outil.*

Dessin à la pierre d'Italie.

ÉCOLE FRANÇAISE

(DEUX PENDANTS)

128 — *Sujets pastoraux.*

Projets de dessus de porte.
Dessins au crayon noir, rehaussé de blanc.

ÉCOLE FRANÇAISE

129 — *Composition allégorique.*

Dessin à la plume et à l'encre de Chine.

ÉCOLE FRANÇAISE

130 — *Enfant.*

Vu de dos, le corps tourné vers la droite.

Etude de sculpteur.
Dessin aux trois crayons.

ÉCOLES HOLLANDAISE ET FLAMANDE

LINGELBACH (JEAN)

131 — *Le Débarquement.*

Important dessin au crayon noir et à l'encre de Chine.

NETSCHER (ATTRIBUÉ A GASPARD)

132 — *Dame de qualité, faisant boire son chien à une fontaine.*

Dessin à la sanguine.

OSTADE (ISAAC VAN)

133 — *Halte devant une auberge.*

Dessin au crayon noir.

OSTADE (A. VAN)

134 — *Intérieur de cabaret.*

Dessin à la plume et à l'encre de Chine.

REMBRANDT (ATTRIBUÉ A)

135 — *Tobie et l'Ange.*

Dessin à la plume.

VAN DER DOES

136 — *Cheval et moutons au repos.*

Dessin au crayon noir et à la sanguine.

ÉCOLES HO[illegible]AN[illegible]AISE

[illegible]

[illegible]

NETSCHER [illegible]

132 — *Dame* [illegible]

[illegible]

[illegible]

OSTADE (A[illegible])

[illegible]

REMBRANDT

[illegible]

VAN DER DOES

136 — *Chèvre et moutons au repos*

Dessin au crayon noir et blanc

VAN GOYEN

137 — *La Chasse aux canards.*

Dessin au crayon noir.
Signé et daté 1653.

VAN GOYEN

138 — *Paysans dans la campagne.*

Dessin au crayon noir.

VAN DE VELDE

139 — *Entrée d'un port.*

Avec trois mats et barques montées par des militaires.

Dessin à la plume.

ZEEMAN (RENIER)

140 — *Marine.*

A gauche un navire, toutes voiles dehors.

Dessin à la plume et au lavis d'encre de Chine.

ÉCOLE HOLLANDAISE

141 — *Ville fortifiée.*

Baignée par un fleuve, pont de pierre, bateaux et personnages.

Dessin au bistre.

ÉCOLE HOLLANDAISE

142 — *Étude de Pêcheur.*

Debout et vu de dos.

Dessin au crayon noir.

ÉCOLE ITALIENNE

GUARDI (Francesco)

143 — *Intérieur d'un palais avec personnages.*

Dessin au bistre.
Cadre en bois sculpté.

GUARDI (Francesco)

(deux pendants)

144 — *Ruines et personnages au bord de la mer.*

Dessins à la plume et au lavis de bistre.

TIEPOLO (J.-B.)

145 — *Un Faune assis, le torse courbé.*

Dessin au crayon noir, rehaussé de blanc.

ÉCOLE DE PARME

146 — *Tête d'Enfant.*

Dessin au crayon noir, coloré au pastel.
Cadre en bois sculpté.

ÉCOLE MODERNE

BELLANGÉ (H.)

147 — *La Mort d'un cuirassier.*

Aquarelle.
Signée et datée 1838.

BONHEUR (ROSA)

148 — *Bœufs et moutons dans un pré.*

Dessin au crayon noir, rehaussé de blanc.
Signé à droite.

BONVIN (FR.)

149 — *Le Petit Écolier.*

Aquarelle.
Signée et datée 1874.

BOUDIN (EUG.)

150 — *La Plage de Trouville.*

Aquarelle.
Signée et datée 76.

CARPEAUX (B.)

151 — *Étude d'une figure.*

Dessin au crayon noir, rehaussé de blanc.
Signé à droite.

CARPEAUX (B.)

152 — *Tête d'adolescent.*

Dessin à la plume.

CHARLET

153 — *Le Père Brocard.*

Aquarelle.
Signé à gauche.

CHARLET

154 — *Le Marchand de marrons.*

Dessin à la sépia.
Signé à gauche.

DAUMIER (HENRI)

155 — *La Discussion du verdict.*

Dessin au crayon noir.
Signé à droite des initiales.

DAUMIER (HENRI)

156 — *Avocat et Plaideurs.*

Dessin au crayon noir et à la plume.
Signé des initiales.

DEVERIA

157 — *Femme debout, une main sur la hanche.*

Aquarelle.

DEVERIA

158 — *Petite Italienne, assise sur une chaise.*

Aquarelle.

DEVERIA

159 — *Jeune Fille en costume suisse,*

Dessin à la mine de plomb.

DIAZ (N.)

160 — *Un Chemin dans la forêt.*

Dessin au crayon noir.
Signé des initiales.

DORÉ (GUSTAVE)

161 — *Composition présumée d'une illustration de Macbeth.*

Dessin à la plume lavis, et rehauts de blanc.
Signé à droite.

DUMARESQ (ARMAND)

162 — *Un Zouave en tenue de campagne.*

Aquarelle.
Signée à gauche.

GAVARNI

163 — *Père Cocardeau.... si tu continues à t'amuser comme ça, tu vas te faire f.... au violon.*

Belle aquarelle.
Signée à droite.

GÉRICAULT (TH.)

164 — *Jésus chassant les marchands du temple.*

Dessin à la plume.

GRANDVILLE

165 — *La Procession.*

Aquarelle.

GUIGNÉ (AL.)

166 — *Le Chemin du village.*

Aquarelle.
Signée à droite, et datée 77.

HARPIGNIES

167 — *Paysage ; effet d'automne.*

Aquarelle.
Signée et datée 77.

1[illegible]

HEDOUIN (E.)

168 — *Jeunes Algériens assis.*

Dessin au crayon noir, rehaussé de blanc sur papier bleu.

Signé à droite.

ISABEY (Genre de)

169 — *Tête de Jeune Fille.*

Aquarelle.

ISABEY (Eugène)

170 — *Maisons normandes au bord d'un cours d'eau.*

Dessin à la mine de plomb.

JACQUE (Ch.)

171 — *Chevaux de labour.*

Dessin au crayon noir.

Signé à gauche.

JEHANNOT (Alfred)

172 — *Scène historique.*

Aquarelle.

Signée à gauche.

JEHANNOT (Alfred)

173 — *La Sortie de l'église.*

Aquarelle.

LALOUE (G.)

174 — *Mare à l'entrée d'un village.*

Aquarelle.

LAMI (Eugène)

175 — *Réunion dans un parc.*

Aquarelle sur papier végétal.
Signée des initiales.

LEPRINCE (Léopold)

176 — *Rue de village avec nombreux personnages.*

Aquarelle.

MONNIER (Henry)

177 — *Portrait de Mme Guillemin..*

Dessin au crayon noir.
Signé et daté 1849.

MONNIER (HENRY)

178 — « *Oui, Monsieur, si Bonaparte fût resté lieutenant d'artillerie, il serait encore sur le trône* ».

Dessin à la plume.
Signé et daté 1860.

PIETTE

179 — *Paysage avec pommiers en fleurs.*

Aquarelle gouachée.
Signée à droite.

PIETTE

180 — *Le Marché aux bestiaux.*

Aquarelle.
Signée à gauche.

RAFFET

181 — *Fantassins en tirailleurs.*

Aquarelle.
Signée à droite.

RAFFET

182 — *Cavaliers orientaux.*

Aquarelle.
Signée à gauche.

RAFFET

183 — *Un Fonctionnaire.*

Dessin à la plume.

ROUSSEAU (Attribué a Th.)

184 — *Marais et bouquets d'arbres.*

Dessin à la plume.

Paris. Imprimerie de l'Art, E. Moreau et Cie, 41, rue de la Victoire

www.ingramcontent.com/pod-product-compliance
Ingram Content Group UK Ltd.
Pitfield, Milton Keynes, MK11 3LW, UK
UKHW021819190726
13853UKWH00003B/1058